杨森君 著

名不虚传

MINGBU XUCHUAN

杨森君短诗选

我无法选择言辞答复你们，诚实地暴露与虚伪地掩饰
都不是我的意图，所以，我愿意如此隐秘地
活着和叙述，并且用怀念减轻
我对被遗忘了的美好事物的极度伤感——

黄河出版传媒集团
宁夏人民出版社

图书在版编目（CIP）数据

名不虚传：杨森君短诗选 / 杨森君著. — 银川：宁夏人民出版社， 2014.7（2023.8重印）
（灵武文丛 / 孙志强主编）
ISBN 978-7-227-05807-6

Ⅰ.①名… Ⅱ.①杨… Ⅲ.①诗集—中国—当代 Ⅳ.①I227

中国版本图书馆CIP数据核字（2014）第157641号

名不虚传——杨森君短诗选（灵武文丛）　　　　　　杨森君　著

责任编辑　姚小云
封面设计　伊　青
责任印制　侯　俊

 黄河出版传媒集团
宁夏人民出版社 出版发行

出　版　人　薛文斌
地　　　址　银川市北京东路139号出版大厦（750001）
网　　　址　www.yrpubm.com
网上书店　www.hh-book.com
电子信箱　nxrmcbs@126.com
邮购电话　0951-5052104　5052106
经　　　销　全国新华书店
印刷装订　三河市嵩川印刷有限公司
印刷委托书号（宁）0027085

开　　　本　690mm×980mm　1/16
印　　　张　12.25
字　　　数　180千字
版　　　次　2014年7月第1版
印　　　次　2023年8月第2次印刷
书　　　号　ISBN 978-7-227-05807-6

定　　　价　39.00元

总　序

中共灵武市委书记　杨建华

　　作为一种精神力量，能够在人们认识世界、改造世界的过程中转化为物质力量，对经济社会发展产生深刻的影响。文学作品是展现这种力量的载体，是人们了解历史、了解社会、了解自然、了解文化人生意义最直观表达。经文联同志编纂整理，《灵武文丛》已定稿待刊，这是从灵武优秀作家16部文集中精选出来的，主要有《风流云散》《先人种树》《儒仁的栈道》《名不虚传》《金紫宰相》《路边的刺玫》《灵州记忆》7部作品，掩卷之余不禁感慨，一个拥有30多万人口的灵武，有这么多热爱文学的人，而且，所收作家如查舜、季栋梁、王佩飞，诗人杨森君等在全国有很高的知名度，他们的作品多次获得全国各种奖项，有的作品还被翻译为阿拉伯语、英语在海外出版，影响广泛。他们笔耕不辍，默默奉献，为社会文明和文化进步增光添彩，我为他们的勤奋与坚持而感怀。

　　灵武有着2200多年建城史，自古就是西北地区重要的政治枢纽、军事重镇和文化中心。历史上曾有众多文人墨客赞美过灵武，如王维"大漠孤烟直，长河落日圆"，李益"回乐烽前沙似雪，受降城外月如霜"，韦蟾"贺兰山下果园成，塞北江南旧有名"等佳句名篇吟诵至今，灵武积淀了深厚的历史文化和民族文化资源，游牧文化、农耕文化、黄河文化、大漠文化、伊斯兰文化在这里繁衍生息，相互交融，相互渗透，构筑了灵武底蕴丰厚、独具特色的文化内涵。这些本土作家正是基于这样丰富、多样的文化脉络，创作了大量优秀的文学作品。

　　我们历来高度重视文化事业的繁荣发展，十分关注和支持文化建设和文学工作。近年来，广大文学工作者依托良好的创作平台和灵武丰富的文化资源，出版发表了一大批优秀作品，也涌现出了很多优秀作家。如查舜中篇小说《月照梨花湾》获第二届全国少数民族文学骏马奖，《穆斯林的儿女们》获1991年度庄重文文学奖，长篇小说《青春绝版》获中国首届回族学优秀成果一等奖；季栋梁《觉得有人推了我一把》获中国文学奖，《小事情》继获北京文学奖之后，又获宁夏文艺评奖中篇小说一等奖，《吼夜》获全国文学奖；王佩飞的诸多作品被国家级选本选载，《日子的味道》获得宁夏文艺评奖中篇小说一等奖；杨森君的诗歌曾数十次入选全国性选本，多次获得宁夏文艺评奖一等奖，他创作的《父亲老了》一诗，被IB（international baccalaureate）国际文凭组织中文最终考试试卷采用。这些优秀的作品、优秀的文学工作者，将我们灵武的文化发展和文学创作推向了一个新的阶段，其中不少作品描写了灵武家乡变迁、反映灵武历史文化和灵武人时代风貌，对人们了解灵武、认识灵武发挥了重要作用。同时，从一个侧面向世人展示出了灵武人的文化底蕴。

文化是民族凝聚力和创造力的重要源泉、综合竞争力的重要因素、经济社会发展的重要支撑，丰富精神文化生活越来越成为人民群众的热切愿望。今天的灵武，得黄河之利，借"两区"建设之势，已连续两年进入全国科学发展百强县行列。适逢灵武经济发展大跨越之际，我们更应该奋力搞好文化建设、大力发展文化产业，为推动灵武经济社会快速健康发展提供精神动力、智力支持和人才支持。《灵武文丛》不仅是新时期灵武文化传承和弘扬发展的有效载体，也是彰显灵武文化特色，塑造灵武精神，树立灵武自信的优秀成果。

希望灵武的文学创作者们继续努力，能以更多的形式来宣传灵武，提升灵武知名度和美誉度，为建设开放灵武、富裕灵武、美丽灵武、和谐灵武凝聚强大的精神动力。阅读一部好的文学作品，是对文化、知识、智慧和感情的一种积累，也是对心灵的一次涤荡。希望广大读者朋友们，都能够通过这套丛书，发现和了解宁夏灵武文化脉络，同时，也期待灵武有更多人才出现，更多精品享誉国内外文坛！期待灵武文化更加辉煌！

自　序

　　我欣慰于写作带给我的广阔与丰富，虽然我这一生都注定在一个小地方度过，但这不影响我作为一个诗人活着。我经常想到的两个人，一位是天才的凡·高，一位是著名的怀特，他们都是在小地方做出大成就的人。

　　对于写作诗歌，我下过的功夫超过了我曾经从事过的任何一项工作，今后也必定是——不关世道变迁，不关功名利禄。我从没有为自己曾经的这个选择犹豫过——我不能确保自己是为诗歌而生，但我却可以肯定地说，因为我的写作，这个世间多出了若干个可以不胫而走的诗歌。

　　这本书仅仅是我已经写出的全部诗歌的一部分，其中的一些篇什写于三十年前——即使过了这么久，它们依然涵养具足，不动声色，继续保持着它们当初被我写出时就有的"可与时光并往"的品质。我常因此窃喜，从中汲取力量，并告慰自己——做一个真正的诗人该有多么幸福。

　　　　　　　　　　　　　　　　　　　　　杨森君

　　　　　　　　　　　　　　　　　2014 年 5 月 13 日于德芳轩

目 录

<< 第二辑　　　体验或引证

<< 第三辑　　纪念或实录

第一辑

启示或影子

我从不诅咒文字，是的，它们多么美啊！它们本就是用来建筑美的一种基本元素。当一件天然原性的事物以文字的方式被成全，被重置（也可以说成是被装饰），它所散发出来的美便由物象的第一存在上升为它的第 N 个存在："一块石头"不同于"一块白色的石头"；"一块白色的石头"不同于"一块留意过我的白色的石头"；"一块留意过我的白色的石头"不同于"一块留意过我的白色的石头在悄悄自毁"……其间的微妙、容涵的进展，全在于——文字；是文字使"一块石头"告别了它的先有性而获取了种种再生的可能。一个诗人要做的，无非是这样。当然，衡量一个诗人的标准不是看他占有的词汇量（文字）的多少，而是要看他是否天才地巧用了他拥有已久的文字。

——杨森君诗歌语录

习 惯

马 比风跑得快
但 马
在风里
跑

喻一种爱的方式

一颗优秀的果子
因为怀疑它有虫子
你一层层地削
削到最后
没有虫子
果子也没有了

落　果

风停了
树
还在摇
树上的果子
有的就是这么落的

黎　明

窗外有一只小鸟
叫了一夜

我在树下
拾起那只小鸟

小鸟死后的嘴张着
还想叫

成　熟

鸟　飞起来
与风无关

果　落下去
与沉重无关

自　由

我极力收拢自己
一如
我攥紧石头
是为了
把它扔得更远

消　息

无论何时来

请不要

打翻

我的眼泪

来　世

如果真有来世
我一定在下一个轮回里
把住所有路口
在你还是一个
黄毛丫头时
就截住你

鸟

刻在石头上
就身不由己了

石头飞多远
鸟飞多远

超现实

一棵树
梦见我
把它变成
一把斧子

便提前
枯了

成功者

有人砍倒了
一棵树
然后
骑在树身上
说
我终于爬上这棵树了

秀　才

秀才　引经据典

找了许多关于钱的

罪恶的理由

然后　为自己身无分文

闭目养神

雾

席地卷来

裹住林子

鸟　在其中

欢叫

——是抵达

天高云白的那种叫

荷

荷
兀自涌动

是水动
还是风动

送　别

车窗下
许多手伸过来　伸过来
手握着谁的手
看不清

但我知道
有一双手始终没有伸过来

美　好

怎样的

一番浪漫

不曾有半点非分

终于

放手

启　示

爱情是世界上
最没有把握的东西

如果我们都醉了
谁扶谁

影 子

月和树
谁撕碎着谁

两个影子
带着同样的伤害

悲剧细节

有一种枷锁

一经戴上

便无从缘解

我不是没有

朝某个边缘突围过

用尽全身的解数

到后来才发现

做一次深陷后的叛逆

真不容易

蝶

悄立于一株金菊之上
我欲将其逮住

世间　有一种美
让人后悔

记　忆

雪
落着　窗外的树
像往事

你把手从钢琴上
拿开　让音乐
停下伤害

春 天

列车穿过旷野
半开的窗口
一闪而过

有人伸出长长的手臂
可曾
割断春天的雨丝

梅

从观赏者眼里

我看到了

一种可怕的专注

正背叛

来意

欢乐的深度

极力

忍住疼痛

承受

一念万劫的

快意

路过某城市

路过某城市
我一直戴着墨镜
回来后
有人问起某城市
我照墨镜的颜色说了

偶　感

山坡上的石头
那么一动
就滚下山去

一会儿　　山下
嘡的一声
石头见到水了

山坡上的我
反倒孤独起来

残

树空了

风来之前
一树的叶子
还在讨论
如何顶住

假　如

假如我是一组词
做了恶人嘴上的一句咒语
还我到词典

假如我是一勺饭
做了恶人牙缝的一次小餐
还我到粮仓

假如我是一节木
做了恶人手上的一根拐杖
还我到森林

假如我是一块石
做了恶人坟上的一面碑
还我到山谷

莲

盛开的莲
非莲　是盛开

凋谢的莲
非莲　是凋谢

给 我

给我空间　不要大小
给我时间　不要长短
给我方向　不要道路
给我语言　不要内容
给我色彩　不要图案
给我音乐　不要歌词

观察：人与鸟的对话

这只鸟啊
你为什么是一只鸟
而不是一块金子

这个人啊
你为什么是一个人
而不是一粒粮食

人把鸟
放了

超　然

我千百次试着进入
一种清心寡欲
地步

我又千百次因自己
不得不食人间烟火
获得谅解

风

它试着扶大海一程
结果
只扶起了几朵浪花

飞

等待何时
等到何时

我是蛹
久困于化蝶之前的
一团漆黑

也算错误

把火柴装在
衣袋里
却在
诅咒黑暗

残 岩

时光揉碎了一世的渴望
宁愿伤残着
却不曾有一次
彻底的轰响

留　着

鸟飞过
留着天空

风刮过
留着山峦

果落下
留着树

泪掉下
留着眼睛

引　证

一个苹果在考虑某个

位置：比如，手刚好摸到

刚好适宜手忍不住

去摸

花瓣与蝴蝶

一只蝴蝶，在
花瓣上停了
很久

我在想
花瓣枯萎的一天
蝴蝶会不会
因念旧
而将自己美丽的翅膀
盖住花瓣难看的部分

再次倾听

再次倾听
爱情的语言
我就像山地里的
一株旱麦
遇雨
颤动不已

是谁的一双手
又将我连根拔起

第二辑

体验或引证

我写下了传统先在的诗歌。毫无疑问，这是我深情地使用语言的结果。深情地使用语言，就这样。除非在写作中我故意抹掉"我这个人"的存在——这是不成立的。我的诗歌就是我迎向万事万物时心存美好感念的见证。我不回避在我写作诗歌的全部努力中把诗歌的抒情性看成是诗歌的一个不容颠覆的必然归属。我确认地维护着它。诗歌不是科学论文，不是政府拆迁通告。它必须含有个人的情感分辨；它必须像音乐一样永久地具足抒情的品性。我这样告诫自己的时候，内心中就有了一种信仰般的仪式感——我的写作必须顾及人的内心原性和它深情的本能。我要记录它。我要有所告白。我不能违背人的情感的永在性而执意妄为。所以，每当我进入写作，作为一个人的深情的事实就会显现出来。

——杨森君诗歌语录

灰色的雨

我突然发觉，这样的密度，
中间正好能伸进一只手——
我抚摸过的树叶纷纷落向蓝色的山脉。

九 月

一株斑绿的狼胖胖草
在蜕身上的皮
它裂开了一块

——力量刚好
把一只伏在它上面的红色甲虫
弹到了一米以外

苜蓿地里

苜蓿地里
我看见了一只白色的蝴蝶
它多么孤单啊
但，我又看见了另一只

两只蝴蝶是幸福的

我试图用目光拦住飞过来的
第三只蝴蝶
不让它接近它们

午后的镜子

迷离的光线与停摆的钟之间
一扇获得了宁静的窗子变得幽暗

它构成空虚
它在我脸上衰老

旧木上的黄昏
移动着花篮悬浮的影子

我已习惯了
眼前可能掠走的一切

我在墙镜的反光里，看到了
慢慢裂开的起风的树冠

睡　眠

今夜……我睡在杯子一样的光中

谁轻轻地把我
端在手上

白地的童话

我极少深入到雾中
雾中的水池仿佛在升温
白房子前面就是一道斜坡
草浓得从岩石上淌下来
我的手刚刚摸到一根发黑的枝条
就无端地多了一些挂念——
是的，我前后两次
从湿漉漉的石阶上去
一滴雨水垂挂在一片旧叶子上
它在慢慢拉长
它敞开了一条蓝色的缝隙
它让我看到了
更小的一滴乳白色的日出

镜　子

盲者
在书房
摸到了
失明前照了最后
一次的镜子
又照了一次

白色的清晨

在雪地里
白杨，挺拔、俊白，区别于其他树种
我不否认我怀念了一只乌鸦

一只乌鸦落在雪地上
如同一小块黑暗长着两只小眼睛
四下打量

我的天堂酒吧

我绝对不能说我爱上了肖琦素

她的身边坐着一个梳辫子的鼓手

但，肖琦素的长相

让我想到了水漓漓的白菊

一次趁她男友不在的时候

我热情地给在台上唱歌的肖琦素

送上了一束鲜花

从此以后，我经常借故到兰州出差

到我的天堂酒吧听肖琦素唱歌

我真的羡慕坐在肖琦素身边的

那个梳辫子的鼓手，他看肖琦素的目光

一点儿也不霸道

暮　色

一把铜号在薄暮时分应该如此
它让我安静地坐在花园里
直到月亮露出白色的尖顶

一排紫木的廊柱间，叶片低垂
花朵上开始有了裂缝——
它在上帝指定的时间内缓缓开放

白墙静静的投影
把一块整齐的草坪轻轻压住
我多次在这里为一位体态美好的处女祝福

比方现在，我把她比作这只
近距离的单身蝴蝶
我对它充满爱欲，但不会犯下罪孽

札记之六

今晚，月亮有些裂纹
但不影响
任何一朵花开

我仔细看过了
转身返回时
房舍四周，枝条弯曲

平　原

我几乎看不到尖锐的日照和尘埃
我站在蓄足了暴力的青草中间

平原上
一定藏有偷睡的花斑老虎，它把寂静压在身下
我决意要等到枝条上弹起纷纷扬扬的白色花朵的那一刻

白色的石头

一块白色的石头
让周围形成空缺
它的方位、年份
我一无所知

我进入平原
我长立于此
迄今为止
我是第几个光临者

一块白色的石头
有耐力，有尊容
有接受咒语的习惯
它另有源泉

荒芜的灌木丛
依然向远方奔涌
这里是安静的
日光从石头的一侧移走一只红色的甲虫

在秋天

在秋天
树木越变越粗了

我没有留意
走过去的第三个人
还有
湖面上几束微小星辰的倒影……

物　体

旷野上
一列火车呼啸着
擦了过去——

铁道一侧的落日
完好无损

泾源的傍晚

森林斜倾在峡谷两侧
沟畔吸附着白色的雾霭
带绒毛的碎花从我脸上
飞了过去

不是我过于安静
不是我踩稳了一块石头
是树枝不让一只鸟动弹
是怀念让我拔走了一株香草

存　在

在黄昏展开的地方
有一点白
它像故意白着

据说是白菊
我没有证实
在黄昏展开的地方，还有
另一些东西

有一点白
慢慢消失了
现在，轮到月亮出现了
在低矮的山顶

鹰

在这片草地上，我留意了许久
我和一块移动的影子之间
谁是主角，谁是配角
天空收敛了它中心的风暴

这时，我看见一只鹰
在我附近不远处落了下来
我惊讶地发现
它把一双翅膀飞得破旧不堪

体　验

一场雨后的大雾很少能坚持到傍晚
现在，低垂的紫色云块全部升起了
只有一层薄薄金光的草原
仿佛是那半块夕阳缓慢的回声

这又是一个触动了我的秋天
大地从一枚草叶上开始阴暗，弯曲
我永远　不知道永逝的事物的去向
在上帝愿意给出的寂静里
我独自承担着黄昏的广大无边

告　诫

至少在四月，我不快乐。

对不起，

我做不到惊世骇俗。

如果放在以前，我会说：

"我没有背叛你，我只是爱上了她们。"

唉

坐在青苔杂乱的石阶上
看湖边白色的芦花整齐地抛了起来
唉，紧挨我坐下来的这个人
我算了一下，她比我小整整十八岁

一个心冷的人

——致佩内洛普·克鲁兹

这个午夜并不漫长
一个心冷的人放下了武器
她的脸上有多少叶子
不代表她是暖和的
也不代表她和我是两个不相干的人

记　录

几个月以前我大病一场

我从没有害怕过树绿，花开

几个月以前，我又能阻止了什么

每天的黄昏都是一样的，每天的清晨

都送来同样乏味的白昼

我为什么没有绝望

哪些树是被冻死的，哪些树是孤独死的

现在还看不出来

我差点相信了你曾经的保证：

"我是你最后的女人。"

当你静静的乳房顶着我的前胸

二月还没有结束，三月还没有来临

旧　址

生锈的铁栏重抚一遍
是早春下午的冰凉
空空的庭院
斜进几道阴影
还能遇到一个对我有过记忆的人

我指给你看的，都是过去
门锁已经生锈，窗格间的阳光
像一块卷下来的白铁皮

在鹤鸣山庄我曾写下：
白石头结着暗绿的水锈
河水背着自己的波澜

还有更多隐衷我不便重提
敲一敲木墩还有当年的回声

——《第三座城市》第九帖

名 义

必须把今夜分放在两个地方
必须相信有这样一列火车
正在大地上奔跑
也许它最终会
把一颗星辰带到另一颗星辰旁边

在这个不眠的夜晚
在我翻身坐起的时候
我不想看到的一幕还是发生了
一弯纯洁的月亮
以等待的名义，将自己化为粉尘

秋　日

我确信时光在追杀那只蝴蝶
它分明在逃，有些慌张
有些无力
它一定误以为
自己已经变丑了
当看见我与它
只有一步之遥时
它居然将脸蒙了起来

安息日

我梦见自己躺在床上去世了
曾经和我相爱过的女人
来迟了，她们要看我最后一眼
她们轮换地抓起我的手
放到自己的脸上
唉，我爱过的前三个女人
脸上都有了皱纹

长途汽车上打瞌睡的人

我紧挨着一个女孩坐着
故意打瞌睡慢慢把头偏过去
最后整个上半身都靠在她身上

座位后面
一名陌生男子以为
我真的睡着了
偷偷伸手拍我一下
我装着被惊醒
就坐起身

在吴忠到银川的途中
他一共拍过我三次

列车上

傍晚时分
我坐上了开往兰州的火车
火车在旷野与丘陵之间穿行
火车拐弯的时候，我借助它
轻微的惯力
把整个身子斜靠在一位
凝视着窗外的女孩身上
我就那么一直靠着
我以为火车一直在拐弯

呈　现

我喜欢隔着玻璃开放的木槿

它还没有形成低诉着的落叶的旋涡

我喜欢夏日里过渡的枝条

它在色彩暧昧的黄昏里摇曳着开剩的花朵

我喜欢窗子上折回去的月光

它的波浪缓缓掠过遍地青草

我喜欢在两颗挨紧的星辰之间想自己

但不想夜里的事过分悲伤的事

我喜欢在暗金般的音乐声中

两只盛满红酒的杯子碰在一起

一醉再醉不在同一个夜晚

我喜欢"玫瑰开着，他们化为乌有"

木头自己劈开，迎接四个方向上吹来的雨水

我喜欢在一棵上帝授意的三叶草前蹲下来

它的上面眠着一只还清了债务的蝴蝶

主观唯心主义的一次突破性实验

凡·高

举着一只血淋淋的耳朵

说：

瞧！我干掉了

世界上的声音

一本读了半卷的书扣在地上

有时觉得，我快要支持不住了
有时担心
在西北的某一个长夜里
灯亮着
我却在一把黑色的椅子上
尚来不及读完一本书
就永远垂下了手臂……

寂　静

这一切都会消失的

走廊，暗锁，垂在阴影里的吊兰

这一切，包括推开窗子

树顶上渡来的微白的云气

包括一排窗玻璃上下沉的暗蓝色夜幕

包括另外星球上射来的微小光束

我虽然叫不上它们的名字

而木头在深夜里响了一下

我盯不下具体的裂缝

因为声音不在同一个地方

一只暗中偷袭什么的蝙蝠

在时光的弧面上

留下了一道绝迹的擦痕

早晨的投影

我能看到这个春天第一只纯净的小鸟
白腹，黑羽，孤单的小鸟——
它在一根长长的枝条上跳来跳去
太阳高出窗台
那棵树连同小鸟的影子
从窗玻璃上泻了进来

这个春天的早晨
我在书房里埋头写作
一小块黑色的影子
在木制地板上跳来跳去

安静的美

大约是中午，

白昼流过一片安静的草地，

众多的花冠在慢慢变红。

我改变了原来的坐姿，

我的右侧斜倾着一道狭长的山谷。

白　地

红色植物颤动的下午——
我为一块隐匿在阴影深处的花斑替罪。
八月，云彩虚掷在山冈上，草色眼睛的羊头向西。
一种类似于雾的寂静开始包裹着白地附近的农庄。

一点光与影。
慢慢地从树梢上消失了……没有未来或者是我
看不到它的未来。我的下一刻由时间生成
黑色的草莓更像晚间的爱情，存放在自己的血水里。

我的手指抚过一条细细的花茎，我碰到了
一声蓄意已久的轻微的碎裂。但
我没有看到流质。
我的左前方飞着半块月亮。

我比往常惧怕咒语，哪怕仅仅是假象。
当我固执地迷恋上了空气中散发着的腐朽气息，
我仿佛被置进了一个上帝授权的旋涡——
我和构成白地的所有植物只有临时的契约。

四只乌鸦

雪地上落着，
四只乌鸦。

四只乌鸦，
四小块黑暗。

傍晚时分，
飞走了三只。

另外一只，
不过是我的幻觉。

早晨醒来

大地已经被黑夜擦拭过一遍
我没觉得与昨天有什么两样
一只乌鸦依然是黑的
一张白纸依然是白的

我没觉得太阳挂在一个干净的地方

这一刻

真的很安静，这旷野！
当我俯下身
享受安宁的一束金黄色的长茎花
动了一下

很难说
刚才不是上帝拿开了我的手

旷野上

旷野上
一个人放牧着一群羊
在我驱车前往鄂尔多斯草原的路上
车停了下来
我向牧羊人走去
牧羊人向他的羊群走去

在寂静里

在寂静里，我挪动一只白色花瓶
我不想在八月里老去
——配合一株屋后的木槿

一束流星被上帝罚下来，罪销了
我坐在木椅里，神态安详

途 中

在前往德令哈的途中
我看见了一大片白色的石头
它们散落在一道缓缓的草坡上
它们中间至少有一块是孤独的

空　地

从一块空地驶往另一块空地
风吹空了一切

我分明看见，深草里站着一副牛骨
它无愧于一个注视者的平静
请告诉我时间深处的秘密，请说话
请给出黄昏的另一种解释

微凉的九月

我喜欢在九月的下午

凝视火车空茫茫的声音消失后

绝对静止的百叶窗、桌子上的果盘和黑咖啡

我不隐瞒我的孤独

昨晚有一颗金色的月亮

它微凉，隐忍

它清晰得我能看到

它蜿蜒的腹地

仿佛走着一个像我一样

决心已定的人

七 月

如果我还记得，我会回忆给你听——
那不叫倾诉，虽然玻璃上有一块红光。
你偶尔背着人，借机用身体碰我一下。
我时常也会被你意外地允许只吻一次。

从去年秋天开始

从一座城市赶往另一座城市
亲爱的，为了爱情，从去年秋天开始
我就奔波在两地之间
我怀有爱上了一个人的幸福的孤单
我这样自律，排斥
我与世隔绝地生活在另一个地方

从一座城市赶往另一座城市
我这样放心
什么地方我们获得了宽恕
什么地方就会留下我们寂静的亲吻

——《砂之书》第九帖

雪中的窗子

清晨，我一直坐在书房里
只是偶尔来到窗前
默不作声地观望一场纷纷扬扬的大雪
今天，我是安宁的
今天，我没有怀念

我反复提到那场雪

我反复提到那场雪。

在银白色街角，亲爱的，

那时，我还没有后来的用意。

回　忆

无须猜测尘埃多久才会葬完香魂。顺着雨水
花朵掉下来。掉在玻璃的另一面，它不让我摸到
它构成了双重回忆，它不知道
我认定树是背过身的，还有湿润的叶子

我完全相信，一个人的身体里的陷阱之说
允许我骄傲；我再也记不起别的
当寂静有了结果，一只蝴蝶愿意陪
另一只蝴蝶锈死在木头上，允许我保留真相

树开始绿第一遍

树开始绿第一遍，河开始热第几遍
我第一次带你来到这里
一些司空见惯的事物，还摆放在原地
比如，河面上那座建于 2002 年的桥

风是从远处吹来的，它要你迎着它
它要把你的黑发扬起来
一条大河就在不远处流过
阳光在你胸前，阳光满满地盛了一河

我指给你看的，还有小小的草
它们小得还不会开花，它们在为重逢欢呼
它们的声音小得你俯下身，你摸着小小的草
小小的草正在享受它们的童年

——《砂之书》 第一帖

美好部分

我无法选择言辞答复你们
诚实的暴露与虚伪的掩饰
都不是我的意图——
所以，我愿意如此隐秘地
活着和叙述，并且用怀念减轻
我对被遗忘了的美好事物的极度伤感

遮蔽物

我已经在雨中了。

我的周围低伏着抖动的枝条。

我走过的时候，草地已蓄足了暴力。

镇北堡

这一刻我变得异常安静

——夕阳下古老的废墟，让我体验到了

永逝之日少有的悲壮

我同样愿意带着我的女人回到古代

各佩一柄鸳鸯剑，然后永远分开

十年，二十年，三十年……

一百年以后，我和我的女人

分别战死在异地，而两柄剑

分别存放在两个国家

摆 动

整幢大楼都搬空了

墙上有一只挂钟还在摆动

我故意遗忘了它

我们走出大楼

站在一条马路上

三个人中

只有一个人知道

搬空的楼内

还有一样东西在摆动

风在吹

我来到了这个下午
来到了风中，但说不出风的形状
这是风，我指着遍地奔泻的青草说
这是风，我指着石块上移动的灰色光线说

一个被风感受到的人，骑在马上迎风而立
一个感受风的人，被寂静掌控
这是风，我指着俯冲而下的黑鹰说
这是风，我指着射出红花的灌木说

远处是一个被风灌满的农庄
更远处是一块被风款款送走的落日
风在吹。风在无边的旷野留下
一座降温的山冈

这是风，这是风的预言——
风掏空的树根，晒在太阳底下
这是风，一只死去多年的牛头
只剩下一副高高抬起的骨架

十四日的雨

雨水与雨水互相拍打、摩擦。
总有一些雨水带着另外的雨水带给它的伤疤，
也总会有一些雨水被劈开，分成毫不相关的两片。

十四日，雨水挂在我书房的窗玻璃上。

五 月

还有什么降下来，与水面放平
可能是郊外停靠在站台的一列火车，可能
还有一个在低地里行走的人，一场漫过树梢的大雾
但，不是风

从对面迎过来的光
有时进入一扇窗子，有时铺向一片平地
树木和墙体，睡去的蝙蝠和一株空心草
都是我热爱的，都有一道在清晨位移的投影

我宁愿把旭日比作一只金黄色的幼虎
它迟早都会撞开
东山坡上的那座原始森林
但，不是现在

一块枯朽的树根重又萌芽了
也许，仅仅是也许——
它要替换掉"枯朽"的名称
所以，它掀掉了身上的一层死皮

当火车开出西安站

当火车开出西安站，
窗外的一切都在时间的流动中加速了。
人影、树木、白色土色的建筑在铁轨两侧飞。
我只能是一个人赶来再一个人返回。

火车迎向夕阳。
我独自坐在 16 号厢，一只手托住下巴，
两只眼睛里没有一件停留之物。
我出神注视的山岚，一会儿苍绿，一会儿荒芜。

我总是被一些美好的事物深深地迷住。
我总是悬浮在纯洁的爱欲与虚无的慰藉之间。
我说过的话，在我离去以后还记得我吗？
我写下的文字，在我忘记以后还会继续流传吗？

当夜幕像幕布一样遮蔽了天空一侧唯一的亮点，
我仿佛在另一个星球上被这个巨大的铁器强行运走，
是的，我分明是被它强行运走的。第二天醒来，
火车到达了银川，西安留在了西安。

瞬　间

森林上放着黄昏，圆形的顶内回旋着云彩。

金黄的葵花盛开在附近华贵的农庄。

一座夕光通红的火车站渐渐隐蔽。

我从一面紫藤倒垂的楼墙底下穿过。

三分钟之前，已永不能重复。

昭　示

我不能动摇这里的寂静，我踩踏在经年的腐叶上
我不能像一轮太阳被一棵高大的树冠抛了上去
在八月中旬的胭脂峡，盛大的夏日极度受潮，包括
长势过剩的草本植物、一根枝条上的两滴清晨的水珠
深颜色的蝴蝶以及那些垂下阴凉的树身后面
斜纹的阳光、形销骨立的岩层、脱离了控制的雾气

触　动

这片空旷把我的身体再次置放进
寂静的中心

我躬身俯向一束被大地的寂寞
一再消耗的紫色马兰
我的脸部有一层回忆
我也是不容易的
实际上我早就陷入了悲哀

陈 述

这些潮湿的枝条，渐渐明亮
从雾里铺下来
距我的窗子只有几米
没有一丝声音的早晨
这么安静的春天只有我一个人
我被什么要求着，我一无所知

我的内心还远远不够啊
它一直引诱着我
像桌面上的一块阳光
我不能把它挪开一寸
我可能是病了，但不关乎健康
我重复地盯着窗外凸现的血色花蕾

在这个春天我和谁说话，而不惧怕
我把临时的爱情重新还给了少年

那块深埋着阴凉的草坪上

一只看上去孤单的蝴蝶

很快被另一只代替了，就像这个早晨

神离去了，我坐在他的椅子上

另一块平原上

这是正在一去不返的寂静
我横穿于平原腹地时，它还没有从洼地里托起自己的阴影
一代草木快要接近遗忘，像被更大的东西震荡过
山冈上暖红色的石头分散在各处

它不是永远如此：一块暮色中的平原
比我看到的丰富，就连我从小熟悉的羊齿草
此时，也仿佛在改变着最初的模样
它们的每一刻都是真实的么

落日在徐徐推进，我可不可以这样描述
一团光，一边展开，一边收缩，像平原上的
一枚暗器；我突然变得孤寂
但没有具体的来源

有那么一刻，我的确借用了一只灰鹰的孤单
谅解了我的孤单
它低低地盘旋在平原上空，像是有话要说
它飞了好长一段时间

第三辑

纪念或实录

写作的时候，我是诗人；不写作的时候，请最好别这样称呼我——诗人。也许我会以诗人的眼光打量周围的一切，可我不喜欢时时处处都刻意以一个诗人的角色融入平常意义上的俗世生活，当然我也就不喜欢别人无论在什么场合，什么时间都把我当成是一个诗人。只有在我写作的时候，我才是诗人。哪怕只写一个小时，或一个上午，这一个小时，或一个上午我就是诗人，因为只有在这样的状态下，我行使着的是作为一个诗人的语言才华，而不是作为一个律师使用法律术语辩护或者是作为一个政治教师使用政治术语授课。所以，当我离开写作现场，在别的任何一个场合出现，我都是以"一个人"出现，而不是以"一个诗人"出现。

——杨森君诗歌语录

巴比伦

这些巨大的石块经历了一个沉睡的过程
从时光中孕育的花朵，一年只开
一次

当春天再度光临
雨水一遍又一遍清洗着花园古老的墙壁
你们能看清的名字里
英雄还是英雄，无赖还是无赖

天　祝

金色的黄昏拥戴着

甘肃省天祝县

我用一个外省诗人的眼光

打量着一块低雾重重的草原：

这样丰盛的草木

壮大了多少牛羊

宠坏了多少只蝴蝶

拉卜楞寺

我留意的绝不仅仅是
这些高大、古老的建筑
当我从阳光底下
绕墙而行，下午已明显
移过了诵经台上的一排青石

我踩过的石阶后面紧跟着又有人踩过
我许过的愿另一个人又许了一遍
盯着结实的木门，我看了又看
这些深深的裂纹还要继续裂下去吗
它应该已经裂到了尽头

还有一些青苔
细碎的青苔举着更细碎的黄花
沿着石缝盛开
它们无比宁静的模样

仿佛从来没有被人目睹过

这就是拉卜楞寺
穿红袍的喇嘛手持念珠步入寺院
他们所想，我不知道
他们所念，我一句也没有听懂
但是，我到过拉卜楞寺

父亲老了

父亲老了，他在想些什么
他的话越来越少

他坐在窗前
脸色阴沉

我真的希望
老了的是我，不是父亲

我老老的坐在窗前
看见年轻的父亲带着他漂亮的女友

到乡下看望
他年迈的父亲

注：此诗于 2011 年 5 月被 IB（international baccalaureate）国际文凭
组织中文最终考试试卷采用。

雨　夜

这夜有多静啊，静得有些出奇
雨水啪啪地落了下去
除了雨水的声音，什么都听不到了
走进卧室，我靠着孩子躺下来
我用胡碴轻轻地蹭着孩子的脸
孩子睡得好沉啊，看样子
他不可能坐起来，陪我说会儿话的

乌兰图娅

有一些虚空
木栅呈白色
更多的花在背后盛开
肯定是这样的
以打碗碗花为例
说不上深邃

夏日的清晨
一位身穿暗蓝色布裙的女孩
挤下了一天中第一桶牛奶
阳光开始是红的
一直到中午
草原上才有了声音

说不上快乐
以乌兰图娅为例

依米古丽

美丽的依米古丽

热情的依米古丽

眼睫毛长长的依米古丽

纯银耳环荡来荡去的依米古丽

整个晚宴上

你就是中心

不承认不行

你是神的女儿

所以，胆子小的人只能远远地望着你

木　栅

我猜测
暗处还藏有一只蝴蝶
虽然我看到的这一只
孤单地飞来飞去
有时长久地沉默

栅　栏

一排尖角的白色栅栏

不会经常伴随我的回忆

窗户外面的秋天该有一个终结了

像庇护自己的金冠草

我把害怕的一面躲藏了起来

没有另外的可能

没有重新开始一说

桃　花

我实在不愿承认：这样的红，含着毁灭
我本来是一个多情的人
有什么办法才能了却这桩心事
我实在怀有喜悦，不希望时光放尽它的血

秋风起

一只蝴蝶能压住它自己

不要说它不谙世事

不要说是它自己挑选的命运

你们看不到一只蝴蝶的从容

它有多么聪明啊

它并了一下翅膀

一场大风就从一道斜坡上滑了下去

什川梨园的秋天

在两根粗大的树干之间，在更多
粗大的树干之间，是树干；是光影斑驳的空隙
一个下午，我都在漏光的树冠下走动

有没有第二种时辰，有没有第二个人
像我一样对着苍老的梨树沉思默想
树疤更像一块块硕大的骨节
我把手从一张粗糙的树皮上抽回来
我摸到了脸与树皮的相似之处

落叶有点重，至于秋末
梨园会是怎样的景况
青草最终要毁掉多少只蝴蝶
都是我离开梨园以后的事

红山湖

当我到达红山湖时

晚霞正好覆向一片安宁的水域，间或有白鸟

落下来；芦苇好像已经稀少了

湖面上泛动着细细的波浪

其实附近没有山，山在远处

也许有人考证过这里的土质为什么是红色的

但不是我；其实湖水是微蓝的

只在湖边才能看到一段又一段红土的倒影

我向湖心扔了一颗石子

石子在落入湖水时

发出了一声短促的响声

我立刻想到了时光，想到了时光

有时就是一种液态，从碎碎的石缝里流了进去

剩下的部分汪在这里，有时晃荡

有时像现在一样平静

金沙岛

低处是一片水域
在有光的地方
傍晚堆积着通红的云彩
对面显然有许多白色的鸟
它们正从高处
飞下来

刚才我还是一个陌生人
在木楼的后边
默默注视着一排柏树
暮色就应该是这样
融合着长时间的寂静
丢下个别蝴蝶

遍地的花朵
呈金黄色，它们细小，无欲
被数条弯曲的石径隔成几块

有一些已经落在地上

有一些从来还没有领略过

什么叫作悲伤

冬　雾

雾从对面弥漫而来。如果此时不是暮色四合
如果此时看见的是别的，而不是镇北堡
我不会像现在这样忧伤
我也不会把草木的悲哀带在脸上

我无权知道蝴蝶的下落
是的，当他们说到这里曾经蝴蝶成群
我却绝口不提。我只是默默地踮起脚尖
摘下一枚枚枯枝上起毛的浆果

没有为什么，就别问为什么
就像汹涌的雾气，在镇北堡以南的旷野上
一会儿攀上树梢，一会儿落进凹地
我不能明确地告诉谁，它是迫于天命

偶尔会从雾中传来一阵隐隐的回响
那是事物表面上的声音，灰白的声音
它符合树木现在的情形：
因为过于干燥，所以要裂开缝隙

城　堡

每一次来，我都会向自己宣布
这里是我的
我的傲视群雄的城堡
坐落在一座山冈上

什么散成了云彩，什么聚为湖泊
万古的青苔，看上去原封不动
流年似水，又似沙
而外人却永无觉察

也许，我们有着相似的孤单
有着背过太阳的颜色时
黯然的疲惫
但，我们磨下了相同的珍珠

肖　像

我的脸上有一千种记忆
我从不想给人看穿、识破
我想就这样一个人带着
带着它，化为乌有

库 卡

微风一直在低处吹，青草还不够肿胀
它们从一片寂寥的洼地里涌上来
看到了它们，我才认定
看到了一个名叫库卡的草原

当我蹲下身敲打一块兽骨
偶尔也会传来一点儿响动
那是寂静本身，绝对是
没有什么能够代替那响动

临近中午，一只只黑色的干蚂蚁列队出现了
它们停下来，在一小片空地上晒太阳
它们是多么小的黑点儿！小得让人为它们担心
小得必须蹲下来，才能看清它们

在库卡，我游荡了一天
直到草木开始降温，羊群像一层白石头

在暮色中集体抬起头
对着我发出整齐的咩咩声

郊　外

不过是一座废铁厂，但它
仍然是一个存在物
它是破败的
墙根下的一排石头基座上
有一层红锈

寂静就是如此
在郊外
在一个乡村附近的空地上
在一切消失之后

我捡起了一块矸石
我用手掂了掂
一看就知道
它有一些年代了

在离开废铁厂之前
我发现院内还有一座空房间
明知里面没有什么了
但我还是把头伸进去看了看

陌生的山谷

流水呀，流水……
我还是那样憔悴
像你日日冲刷的那块
早已干干净净的岩石

八　月

深草中该红的都红了
受旨于天籁，旷野复合了午后的寂静
要知道，秋天来了
万物将变得迟缓、自足

也许有例外
当阳光斜射在一片山枣树上
连蝴蝶都分享到了光芒中细细的金粉
它们不是假装没有回忆，它们比以前更轻

出于习惯，我多余地猜测了一根枯枝的绝望
我还亲手扶正了一株花姐姐草
在一道优美的斜坡上，花姐姐草互相喜爱
隐姓埋名，也隐瞒真相

不 过

不过是一种降临
那些轻轻落在窗台上的枯叶
玻璃后面悄悄来到的夕阳
不过是
瞬息的时辰
编织了一重烫金般的湖泊
这段时间
我倦于告白

红　酒

这酒不能畅饮
欢乐也是如此
如同这红色的液体
我有诸多哀愁
我有宣泄的顾虑

安　睡

如果此时有谁抚摸我
不出两个
一个是心疼我的上帝，一个是折磨我的爱人

高　空

天空过于浩大，看不过来的时候

我就盯着一只鹰看

黄昏蒙住它的脸，在我的头顶转了好几圈

五泉山

从这里看到的天堂
我想大家都看到了
落日通红，月亮白嫩
天空中运行着浩浩荡荡的云阵

夜宿刘寨柯

我知道，这无比宽阔的地域
夜幕垂下来有多黑

起初，还有灯光、狗吠、过往车辆的声音
接下来，几乎什么都听不见了

唯一可以确认的是，从夜空中
一束束掉下来的，是星星的光芒

登秦长城

登上长城
我长喊了一声
嗷——

这时
天空中突然升起了
一只鹰

今日时光

红色象征着欲求

轮也轮到这一天，假如时间定制下

万物的外衣

风吹红桑算不算是一种翻晒

一只蝴蝶为活着舞蹈

它的翅膀

更像两个伤口合在一起

我从不捏造它的命运

兰一山庄

正午
我漫步在一幢木石结构的城堡周围
交叉的石径通向更多的建筑
常见的白色，除了花朵，还有屋顶
我迷恋上了山庄怡人的虚空
比如，在一场膨胀的雨与安静的林木之间
那块草皮发热的高尔夫球场

下午的光

下午的光线形成众多折角。
几株红松的投影悄无声息。
旷野里偶尔发出一声来历不明的响动。
有时我会踩碎一根枯草。

极少显露在外的事物，
我又能明白多少。
一只红色的甲虫爬来爬去。
我感觉一个下午占去了我不止一个下午的年华。

临近傍晚的苜蓿，灰色，发热，
一度复活，一度消亡。
它们保持着绝望的姿态，
却让一只只寂寞的蝴蝶整个夏天都在愉快中虚度。

有伤的一面

下午分外开阔
原野到处是已经谢幕的红蒿
日复一日，黄昏都要
在此停下几分钟
将光线一直伸过另一座山头

我还不能说秋天有多残忍
即使它以最快的速度
销毁有伤的一面
即使山坡上的马匹
开始像一坨坨红锈垂下长鬃

我是爱着完美的人
在多事的九月，这么容易忍受
落日看起来也像是在回应我
我不便将它描述得
过于盛大

实　录

一块石头裂开了

它不能再裂了

再裂它就不完整了

这是我最初的想法

后来的想法是

也许彻底裂开

石头才会轻松

于是

我抱起那块石头

用力摔在地上

把一块完整的石头

摔成了两块完整的石头

致命时光

她说
有什么能敌过似水流年

我仅知道时光一点点摧毁的
是现存的事物，包括文字和音乐
都让我不安，都让我担忧
我有种卷土重来的难过

七棵树

一百零九棵树中，七棵树死了
不要告诉我它们的死因
哪一棵有旧痛，哪一棵有锈迹
我也不会告诉另外的人

下午有多少树杈劈开，高处就有多少荒凉弥漫
远处有一方云阵，正在绕过一座村庄
等是等不来的；阴影开始密布
遮住了深坑里狭长的白昼、滑石与虚土

七棵树死了。像乌云一样的盘状物
裸露在地面上的，是根；你们都走远了
你们已经走到被夕阳照红的一面山体下
而我，还在七棵树之间看来看去

清水菅湖

它还在消失。
在一个众人不知道的地方，它的存在
如同虚无。站在一条南北走向的堤坝上，
我拍下了它荒凉时分的轮廓。
我尽量不暴露突临的心事，不以天空的辽阔，
比对它的狭小；不以丘陵的突兀，
比对它的洼陷。即使如此，
我还是不能完全领获——
它单独的寂寥、薄弱与静谧。
漫行在湖边，除了它本有的蓝色，
以及环绕在它周围的碱花，
我没有看到期望中的白鸟、木筏与野鱼；
也没有等到一个脸膛黝黑的饮马人。
有云飘来，云飘过了边墙；
有风吹来，风吹过了湖面。
显然，风引起了一阵轻微的震荡，
但，湖水没有发出任何声响，它只是
轻轻地晃了晃，又停下了。

我安静地盯着湖心。作为当地人，
我连它的一则秘密都不知道。它应该是有秘密的，
我一直猜想沉静的湖底一定深埋着一个石头盒子，
或一只石头狮子——
盒子存有兵器；狮子在享受清凉。

星 辰

恰好在库卡的某夜，在一处隐蔽的山丘之间
我确定那一小孔微弱的光束，来历很久
仅仅凝望着它，我就彻夜无眠

我想它是绝无仅有的——
看似一片茫然的形影
却被另一种宏大的东西控制
它想坠毁都不容易

在一个遥不可及的距离内
也许我们的孤独可以并称
至少，我们对望时
同有一副寂静异常的面容

中午之蔽

有时我会单独来到这里——
不在意夏天闷热的长空，横亘于此
与那排树相比，我们是平等的
都分到了各自应有的一道影子
只是我可以随意走动，而树
至多迎风，改变一下树冠原有的形状
相信有人也曾像我，貌似看破红尘
无声地走在一块中午正在发热的湖边

向下望去

那片布局规律的小型山丘，有雾气
在循环；我想，山坡上的草木
快要用尽岁月了吧
因为刚才上山的时候
我反复留意过
一些形体透明的蝴蝶
当着我的面，互相交换过哀愁

以为时光

我知道尚有草木还在补给血水，我不是故意
这么晚才来；我不是故意要做时光的俘虏
那些筒筒蒿会不会是因为用力过猛，才完全抽空了
它们灰得异常，像不曾绿过

在山冈与洼地之间，在一片草丛与风之间
阳光还浸泡着一朵朵赤褐色的干果，它们
安静得连名字都没有
环绕山丘的梯形旷野里
一只蝴蝶在消除另一只蝴蝶的孤单，它们相互追逐
仅仅持续了几分钟；至于远处，还发生了什么，我一概不知

五月十六日在磁窑堡西夏瓷窑遗址

我们的祖先早已完成了他们的奇迹，
没有卷册记载的一处废墟，在阳光下暴晒。
该由谁给遍地的瓷片重新命名，归档；
一只石凿的饮马槽、一座雕有莲花的门墩，
是古老手艺的象征，也是辉煌往昔的见证。

这肯定不是时光馈赠给它们的虚假形式。
瓷片上的彩釉新鲜如故，它们的阅历仿佛只有几个钟头；
我不怀疑这强大的寂静也是一种暴力，不怀疑
头顶辽阔的天空日复一日鸟瞰着这里并记忆着
土墟间吹过的一场场大风、过路人捡走的一片片碎瓷。

荒芜之述

——盐池兴武营城记述

白昼很快汇入一片环形的沙丘之中，
云彩的局部呈现出了下倾的紫红色光束。
我爱着这里，爱着它沉睡的轮廓和日益贫乏的草木，
爱着它混合着荒凉的宁静与古朴，
爱着它的神秘、它的流逝、它的破败的尊严……

作为一个统括周围的高大核心，
古堡的美是例外的，它被遗忘在此；
尽管我不断地想到，除了砖石与碎瓦，除了草木与尘土，
还有什么不是迫于时光长存不灭……
可是，这一刻是美的，多么自负的美。

我默默地注视着眼下的一切，只有注视才会感知到的这一切，
接受了一个陌生的造访者；它迎合一切人的巨大的宁静，
此刻，单独迎合了我……我们共有了同一个时辰，
它的威严依在，可能与石碑上模糊的棱线有关，
它的灵魂依在，一定与我的到来有关。

观察一滴水

我开始专注地观察一滴水
它悬在一根生锈的铁管下面
怎么也掉不下来
它太像一滴眼泪了……
我有意碰了一下铁管
帮它掉了下来

十一月的山上

暮色临近时，遍地的草木是美的；
它们之中散落着各色石头，也是美的。
我没有看到羊群，但我看见了落日，
它下落的过程始终是安静的，虽然我早就对它
习以为常，但是今天，落日是美的。

十一月的山上，
作为尘世的一小部分，成全过我的个别诗篇。
现在，它笼罩在一片夕光里，是美的。
还有更多的草木，虽然我没有记全它们的名字，
但它们也是美的：盛大、细碎、一望无际。

夜空中的月亮

我一直等到
它变得完美，一点白
一点点放大
像一座空房子
里边亮着灯
银色的灯
被小风吹着

它会不会老
会不会把石头留下
把乌鸦送走
它要是化为乌有
会不会有灰烬
它要是化为乌有
会不会多出一件长袍

现在，它距离我越来越近

我都能听见

它轻轻拍打着

过膝的草木

但是不久

它又从辽阔地域的上空

滑向一片钢红色的峡谷

见　证
——游磁窑堡古城

寂静支配着荒凉。每一处被时光
一再允许下来的旧瓦与砖石，作为实物
也作为力量的象征，呈于眼下。
对于现时，我的面孔更孤独，也更遥远——
它在另一个方向上，是我的，也是所有人的。

存在揭示存在。
秘密不在明说之处，不在结束了被感知的事物
之间；你们可以无语，可以仰面
可以想象一下耸立过的石柱，从头顶的某个位置穿了过去
它在阴影中的长度不代表它本身。

造物将我引至于此。
我眼见的事物无数。它们或立或平铺于
各自应在的位置上，自毁或被毁
逐渐衰微或慢慢化为乌有
与每日必来的黄昏达成一致。

看

闲下来
我会盯着一对花瓶看
是一对清代的青花瓷
该有多幸运啊
多少年了
它们还是一对
只是，其中一只有些残缺
但，这不影响它们依然是一对

旅　行

这么多年了，我们还相爱
我不信，一定还有别的，让我们
形影不离，彼此陪着，这样
依偎，像一对亲人
火车慢速行驶着，窗外，是开花的原野
远处是镶着金边的浮云，模糊的
一座陌生的都市，在反光
一个杯子里泡着两个人的茶香
两个人用同一只杯子
这是多年养成的习惯
习惯，磨损了什么，我们从不
想它，你的脸贴着窗玻璃
看什么都新鲜啊，你忘了
与我分享，不再像年轻的时候
坐在春天刚刚长长的青草地里
看见一只蝴蝶都要推醒我
这么多年，我们第一次
这样离开一个地方，像一对
习以为常的亲人

草穗吊灯

几个坐在黑暗里的人
在喝茶、在听其中一个人说话
毫无疑问，这里的一切都蒙上了荒凉
木栅、根雕、泥陶与一架旧木琴
也许还有一层薄薄的灰尘
悄悄收敛着迷人的小翅膀

那个吹埙的人哪里去了
灯影下的走廊尽头挂着另一盏灯
它把影子放得很大
一直悬浮在屋顶上空
哪里去了，那个吹埙的人
他从土里吹出的声音打动过我

刚才是腾格尔的《蒙古人》
现在是莎拉·布莱曼的《斯卡布罗集市》
尽管没有一模一样的往事

可是，我们都安静了
都像受过伤害的人，默不作声
盯着各自手边的红色茶水

梦溪语茶的木屋

这些造型各异的木头，艺术品，壁挂
取得了实用的位置。我更想多看一会儿
那只未经磨制的牛头骨，它的眼下
已经没有植物和沃土

人影与音乐、红酒与手势，分布在
木屋的各个角落。当然还有暗自的悲与喜
但我不是那个在埙声中沉下内心的人
每隔几分钟，我都会瞧一眼屋顶草穗包裹的吊灯

一切都在时间的表面上悄悄消退，包括
仰起的面孔和临时的眼影；闲放的木琴和倒挂在
门楣上的塑料叶子……哦，没有一样东西
能在瞬间瓦解我突如其来的消沉

已经不可能了

是什么人打碎了全部的瓷器

我想知道，我想看清他们的相貌

可是，已经不可能了

我也想知道，瓷器落地的瞬间

有过怎样的碎裂声，这声音什么时候停下来

可是，已经不可能了

我还想知道，完整的瓷器摔碎时

碎片伤的是人，还是物，还是一束花

还是另一件瓷器，或者更多

可是，已经不可能了

整个清水营古城，遍地是碎片

我很想找全它们，将它们复归原状

哪怕复原的仅仅是一只花瓶，或一只碟子

可是，已经不可能了

就我所见，那些残缺了的

又不知残缺过多少次了

青瓷古窑

独处一隅，这就是我心仪已久的古窑遗址——
必有如瓷的气息，从各个角落
在前来造访的人群中弥漫，我是其中一位
还能看到一只只青石做成的水槽放在院中
据说，它们置于清代
还能看到一副副由瓷片镶嵌的木匾挂于窑门
据说，它们出自清人之手

古窑遗址依在，沧桑中透出几分肃穆
物已非，人已非，瓷墙瓷地瓷缸瓷瓶瓷杯瓷碗……
都是今人之作，我在寻找前人的手艺
哪怕是一只盘子，一块瓷片，一根前人用来烧窑的柴木
都会令我凝视良久，不肯轻易走开
唉，一转眼就是数百年
一转眼，多少青花瓷碎在了世上

不　能

我能说出一朵花的前世吗，不能

我能说出一朵花的念想吗，不能

我能说出一朵花与另一朵花会不会

像人一样恋爱或者仇恨、算计或者图谋不轨吗

也不能；我也不能代替一朵花

接应任何一只蝴蝶，不能决定一朵花的颜色

不能改变一朵花的事实：它就是一朵花

白色，在一块绿地上

在无数白色的花朵中间，独自开放

薰衣草

再远，也是有尽头的
一株薰衣草，也可以形容为一望无际
甚至有悬崖、谷底
让香气跌宕
穿过草地，我还想知道
两只蝴蝶
为什么
一只飞起来，另一只也飞起来
一只落下去，另一只也落下去

美人草

从夏末开始，我就留意着
这片深红
这片轻风吹拂的深红下面
是一道斜坡

不会是另一种木香
扩散于短暂的白昼
两只白鸟，一前一后落在附近
不会是别处的黄昏
掠过此地

显然
这片草丛区别于其他灌木
它们像结束了怀念一样平静
几乎听不到喧哗

所幸

这不是以往

我最终喜欢它们的理由如下：

这样的深红，一年只有一次

这样的深红，伸展在实体与虚无之间

九　日

宽限的时日到了，
这是时光一再处置的结果——
"落叶纷飞，盛极一时"
黄金般的泡沫，
架空了高竖着的粗大枝干。

天空在外面。一个蓝色的存在物，
一团火烧云追困的巨兽；
恰在这时，我从这里经过——
那一道又一道橘红色的光芒，
深入进隐蔽着的无名事物上。

树木被寂静稳住，有时摇摆；
落叶被喧哗支配，有时无声；
"你所想的东西拯救你。"不，不全对——
我接受这样的现实：一只蝴蝶作为奉献物，
必须平衡于终结与开始之初。

白色瓷

这里是安静的
深夜里，我能看到一只白色花瓶
它几乎要挨着月光了
月光照射在一条书案上

分明有些虚空
即使实物随手可触
这就是缘何我会将一只白色花瓶
挪过几个地方

有时，在别处听到一阵碎裂声
我会想到我的那只白色花瓶
我希望它是安全的
不能让它在我手上碎掉

第三道斜坡
——在出生地

金黄的向日葵填满了午后狭长的谷地，
我静默于时间自制的光晕之中。
落日下的山体颜色在变深。
一个小时以前，我回到了出生地，
原来，我依然受制于一种力量——
比如寂静，比如荒凉。
在蝴蝶记住的地方，
飞着三两只当地的蝴蝶，
它们比风轻，比风傲慢。
还有一些低矮的黑色灌木，
它们从没有轰轰烈烈地开过一次花，
它们和我一样一直承受着神赐的疲惫。

再次来到镇北堡

再次来到镇北堡时，炎热的夏天还没有结束。
带着废墟给我养成的习惯，
我观察着这里的一切；
从木门上的一对锁环到城墙下的一块基石，
从一片角瓦到一眼墙洞。
仿佛沉静是这里永久的标志，
提前于庞大墙体下平伸而去的阴影；
尽管阴影配合着我对阴影的嗜好，
可我更着迷于城堡之外空阔的铜红。
是的，炎热的夏天还没有结束，
草木旺盛，草木也寂寞。
我当然知道，我早就知道了——
在永续着苍茫的黄昏里，一座城堡，
无法推却它荒凉的轮廓，一个人也是一样。
不存在不朽；不存在单一的解释；
就像尘埃扩散，不仅仅因为风，
树木发胀，不仅仅因为
我的描述迎合了它们庞大的外观。

在桑科草原

这样的坡度
正好让一匹马看上去
无比孤单

这是世上最宁静的草原
离开的时候是傍晚
我把一本印有我名字与诗篇的书
放在了一处洼地
洼地里，白色的格桑花
正在开放

我是故意将我的一本书
留在了桑科草原上
先是来了一阵风
风轻轻地翻动着书页
后来下了一场白雨
书被淋湿了

书中的字迹开始模糊

再后来……

多年以后

这本书终于烂在草里

正如我预料的那样

后 记

编选完这本诗集已是深夜，我最先想到的一句话是——
现在，所有的事物都在休歇：黑暗和光明，一本书和一朵花。

杨森君

2014 年 5 月 13 日于德芳轩